Isa Colli

DESCOBERTAS DE
Inaiá

Brasília, 2021

Copyright© by Isa Colli

Revisão:
Selma Corrêa
Silvana Godoy
Karina Gercke

Edição:
Tais Faccioli
Anete Lacerda

Revisão final:
Clara Bittencourt
Max Leone

Ilustração:
Milena Souza
Mariana Fajardo

Diagramação
Mariana Fajardo
Raphael de Oliveira

Direção:
José Alves Pinto

Dados Internacionais de Catalogação na Publicação (CIP)
Bibliotecária responsável: Aline Graziele Benitez CRB-1/3129

C672i	Colli, Isa
1.ed.	Descobertas de Inaía / Isa Colli; ilustração de Mariana Fajardo, Milena Assunção. – 1.ed. – Brasília: Colli Books, 2021.
	84 p.; il.; 14 x 21 cm.
	ISBN: 978-85-54059-45-3
	1. Literatura infantil. 2. Cultura indígena. I. Fajardo, Mariana. II. Assunção, Milena. III. Título.
	CDD 028.5

Índice para catálogo sistemático:

1. Literatura Infantojuvenil
2. Cultura Indígena
3. Meio Ambiente
4. Pluralidade Cultural
5. Respeito às diferenças
6. Cidadania

Impresso no Brasil – 2021

Grafia atualizada segundo o Acordo Ortográfico da Língua Portuguesa de 1990, que entrou em vigor no Brasil em 2009.

Todos os direitos reservados. Nenhuma parte deste livro poderá ser reproduzida, por qualquer processo, sem permissão por escrito do autor ou editores, exceto no caso de breves citações incluída sem artigos críticos e resenhas.

Dedicatória

*Primeiramente, dedico este livro a Deus.
Devo a Ele tudo o que sou.
Aproveito, ainda, para expressar minha gratidão a todos e todas que colaboraram para que esse trabalho chegasse até as mãos dos nossos queridos leitores.
Grata por tudo.*

Sumário

7   A tribo Kambeba

13   Contação de histórias

19   Hora de mudanças

35   Intolerância

41   O acidente

47   Mudança de vida

57   Estranhos entre os estranhos

69   A Feira de Ciências e Cultura

79   O grande dia

1

A tribo Kambeba

Inaiá nasceu na região do médio Solimões, na Floresta Amazônica, no Brasil, na tribo Kambeba. Os Kambeba, originários do Peru, também são chamados de Omágua, que significa **o povo das águas**. A aldeia não poderia estar melhor localizada, já que havia água abundante e ainda era cercada de muita mata. O seu povo convivia harmoniosamente com os pássaros e com animais de diversas espécies. Um não invadia o espaço do outro.

A magia da floresta e as milhares de histórias referentes à sua população e riqueza sempre despertaram a curiosidade, o interesse e a admiração de Inaiá. Era daquela terra que os índios tiravam, com fartura, o alimento.

Talvez a indiazinha não percebesse que morava em um paraíso. Lugar multicolorido, em que o cheiro da terra se misturava ao das folhas verdes das árvores, formando um perfume refrescante; lugar com gosto de tucunaré assado na folha de bananeira, cupuaçu fresco e açaí.

O coral formado por grilos, cigarras, passarinhos, dos sons dos bichos correndo pela mata e dos peixes pulando nas águas, completava o maravilhoso cenário. Inaiá era feliz e, como todo curumim, como são chamadas as crianças indígenas, brincava até cansar. Por vezes, dormia sob a luz das estrelas, contemplando a beleza do universo e tentando desvendar seus mistérios.

Desde muito cedo, observava as mulheres cuidando do plantio, da colheita e da alimentação de todos, e quando não estava brincando, ajudava sua mãe, Aracy. Os meninos saíam com os pais em busca de caça. Quando não estavam caçando, pescavam, pois havia fartura de peixes nos rios da região.

Upiara — que, no idioma Tupi, significa aquele que luta contra o mal — era o pajé, o líder espiritual da tribo, responsável pelo poder da cura, e avô de Inaiá. Ele era especialista em extrair das plantas remédios que curavam as pessoas de todas as enfermidades. Muito sábio, ensinava aos mais jovens a importância de cuidar da natureza, assim como de manter os rituais e preservar a união, cuidando uns dos outros. Upiara ensinava como aplicar, ingerir ou utilizar as ervas sagradas no tratamento adequado de cada tipo de doença.

Inaiá cresceu vendo que tudo era dividido de acordo com a necessidade de cada família. Todos trabalhavam e desfrutavam igualmente do resultado do labor. Os curumins não se davam conta, mas estavam sendo preparados por seus pais e mães para manterem a tradição e garantirem a sobrevivência.

A comunidade de Inaiá não era isolada de outras etnias, convivendo, por exemplo, com os brancos. O cacique Anaquiri, entretanto, procurava manter sua cultura preservada e se preocupava em preparar os índios para a convivência com outros povos.

Uma das providências que tomou foi fundar ali uma escola. Dessa forma, as crianças indígenas aprendiam sobre sua própria história e a importância de preservá-la, mas também sobre outros fatos e temas que permitiriam a elas transitarem com segurança fora da aldeia. Anaquiri valorizava a educação e o conhecimento.

Ao criar a escola, pensou em todos os detalhes, e, o mais importante, os professores também seriam kambebas. Muito antes de inaugurar o local, já havia enviado jovens à cidade para se prepararem com a finalidade de dar aulas. Alguns estudaram na faculdade e todos aprenderam a língua portuguesa.

Anaquiri falava que ali na tribo era o lugar deles, mas que precisavam dominar o conhecimento para defenderem sua gente fora do lugarejo quando isso fosse necessário. Ele fazia questão de manter viva na mente dos mais jovens a jornada de luta e superações dos seus ancestrais para manter a tradição, suas terras e a sobrevivência dos Kambeba.

Inaiá e os outros curumins cresceram com consciência da importância do respeito pelas pessoas e pelo universo. Ela sabia que todos devem viver em harmonia com a natureza e que a interferência humana não deve afetar o equilíbrio ambiental. Mais que isso: o futuro do seu povo dependerá daquilo que é feito no presente.

Na aldeia, nada era explorado de forma predatória. Todas as práticas eram sustentáveis porque a perfeita sintonia vinha da herança dos antepassados, que caciques e pajés faziam questão de transmitir aos mais novos.

2

Contação de histórias

Sob a luz do luar, todas as noites, os curumins se sentavam no chão, em círculo, para ouvir muitas histórias contadas pelo pajé. O mestre espiritual da aldeia era um homem tranquilo e pacífico, com fama de nunca se alterar por nada nem por ninguém, exceto se fosse acordado no meio da tarde enquanto fazia sua sesta. Ele costumava descansar todas as tardes, e a soneca durava quase até o crepúsculo. Respeitado e amado por todos, ensinava as crianças sobre os rios, as cachoeiras, as plantas e sobre a lua, o sol e os outros elementos da natureza.

Curiosa e atenta, Inaiá, desde muito pequena, era a mais interessada, sempre fazendo perguntas. Essa era uma característica dessa indiazinha que aprendia muito com as respostas que recebia, não apenas do pajé, mas dos outros adultos com quem convivia.

Tudo interessava a ela, mas, o que fazia seus olhinhos negros como jabuticaba brilharem, era quando o pajé ensinava que as plantas curam e que os alimentos evitam doenças.

Também se encantava com as histórias sobre os tempos do mundo, o amanhecer e o anoitecer, dia após dia; com as histórias das batalhas territoriais que os seus ancestrais travaram contra outras tribos e o colonizador para proteger suas terras das invasões e garantir a subsistência do seu povo.

Inaiá se sentia envolvida com todo ensinamento que recebia. Ela se encantava em aprender sobre os diferentes povos, fossem indígenas ou não. Algo que chamava sua atenção era o mundo dos animais ferozes e deuses antigos. A pequena se impressionava ao descobrir que havia pessoas vivendo de maneiras diferentes daquelas praticadas pela tribo. "Como é sábio o pajé" — pensava a menina. E dizia para si mesma que um dia seria como ele.

Sabia que tudo não passava de lendas, mas, dentro de si, nutria a fantasia de que os contos tivessem algo de real. Nas rodas de contação de histórias, ela sempre se envolvia. E suas preferidas eram aquelas de dar frio na barriga, de tão assustadoras que pareciam para ela.

Uma das contações falava que no início da criação, quando o mundo ainda era bem novo, havia dois tipos de onças pintadas: as conhecidas como jaguares do amanhecer, muito ferozes, que viviam no Oriente, e os jaguares do anoitecer, que viviam no Poente. Conta a lenda que os jaguares do amanhecer não queriam ver os jaguares do anoitecer no céu. Todos eram verdadeiramente grandes. E, com essa rivalidade, lutaram, com muita força e violência, uns contra os outros.

Com muita ousadia, coragem, e mesmo sabendo que os adversários eram mais numerosos, os jaguares do amanhecer não se intimidaram. Esperaram os inimigos para enfrentá-los no caminho de volta para casa. Matavam todos que passavam por ali.

Foi com valentia e muita coragem que os jaguares do amanhecer venceram os jaguares do anoitecer. E, como narra a lenda, quando Kinich-ahau (o Deus Sol, na mitologia maia) aparece no Oriente, e se esconde no Poente, o céu se tinge de vermelho com o sangue das onças-pintadas derramado nas batalhas. Outro relato desta fábula, que fazia os olhos de Inaiá brilhar, era saber que o Deus Sol assumia formas diferentes. Durante o dia, era um pássaro de fogo, e à noite, andava no submundo dos mortos, Xibalba, como um jaguar, felino temido e admirado pelos maias.

Inaiá também era fascinada, entre tantas outras histórias, pelas de Yaci, que significa Lua para os indígenas. Ela aprendeu com os mais velhos que as fases nova, crescente, minguante e cheia representam o tempo de crescimento das plantas e da colheita, que demonstra também o modo de respeitar o tempo para cultivar. E achava fascinante saber que Yaci influencia até no comportamento de algumas pessoas. Uma das lendas preferidas da menina dizia que aqueles que desejassem se transformar em animais teriam de deitar no lugar de qualquer bicho e, na noite de lua cheia, se transformariam nos animais imaginados. A indiazinha amava conhecer as histórias da sua gente.

3

Hora de mudanças

Com a história de seu povo e suas tradições arraigadas na mente e no coração, chega o momento em que as crianças saem da aldeia para uma escola mais avançada. Localizada nos arredores da tribo, atende também aos moradores das fazendas da região e indiozinhos de outras comunidades.

Inaiá se lembra de ter ficado bem contente quando chegou o tempo de estudar na Escola Nova Esperança. Era um passo importante para todos os curumins. Pela primeira vez, eles enfrentariam um mundo desconhecido e ficariam mais tempo longe do seu povo.

Embora assustadora a princípio, todos sabiam que seria uma experiência ímpar. Aquela oportunidade de conviver com crianças de origens diferentes seria uma aventura.

Afinal de contas, todos os curumins foram ensinados, desde muito cedo, que medos devem ser enfrentados com coragem e determinação.

O pajé sempre dizia que o mundo é uma tenda de esforços infinitos, ao qual todos foram chamados para colaborar. Ele sabia que a nova escola ampliaria a convivência social e ajudaria na percepção do outro e na necessidade de respeitar a todos.

Na véspera do tão esperado dia, Inaiá separou sua vestimenta e os adereços de que mais gostava, bem coloridos. A bolsa de fibras da palmeira de tucum que ela mesma havia confeccionado já estava pronta e arrumada sobre um banco de palha. Queria fazer bonito e deixar marcado na memória dos novos amigos os costumes de sua comunidade. Não havia como ignorar a beleza das peças artesanais feitas à mão com matérias-primas abundantes na natureza.

Amanheceu e Inaiá acordou mais cedo que de costume. Estava ansiosa para o primeiro dia de aula fora da tribo e para encontrar novos amigos. Já na escola, todos pareciam desconfortáveis.

Trocaram tímidos sorrisos e mal se falaram. Um detalhe surpreendeu de forma positiva Inaiá: embora a instituição de ensino fosse fora do território, alguns professores eram indígenas. Assim, os filhos dos fazendeiros aprendiam tupi e aumentavam o conhecimento da cultura dos povos de sua região. Entre os habitantes locais também havia quem entendesse a importância da convivência fraterna entre os povos. Mesmo tímida naquele primeiro momento, e vendo pessoas muito diferentes daquelas que convivia habitualmente, Inaiá lembrou-se dos ensinamentos de sua mãe, Aracy. Ela explicava à indiazinha a importância de saber conviver com as diferenças e com outras culturas, assim como a incentivava a conhecer o mundo que havia além da floresta.

Apesar de preocupados, os pais de Inaiá acreditavam estar fazendo o certo. Se havia maldade no mundo, certamente a filha também conheceria muitas coisas boas que poderiam ajudar no seu crescimento pessoal e na tribo. Afinal, a troca de experiências incentivada pelo pajé e pelo cacique seria uma fonte riquíssima de aprendizado. Eles realmente eram muito sábios.

Todos que a conheciam tinham certeza de que aquela indiazinha, tão curiosa e ativa, alçaria altos voos. Estavam certos também de que suas conquistas seriam partilhadas com a aldeia, uma vez que aprendera a ser generosa, como o seu povo.

Sabe o que ela achou mais curioso na escola? Os horários. Cada atividade exigia uma hora certa no relógio.

Na aldeia, a rotina era diferente. A modernidade já tinha chegado, mas os indígenas gostavam de obedecer ao transcorrer natural do dia e da noite, os movimentos do sol e as manifestações da natureza, como o vento e a chuva.

A curumim, entretanto, que já havia aprendido em casa valores como responsabilidade e pontualidade, se adaptou rápido ao dia a dia na escola: não se atrasava para as atividades e chegava sempre cedo à classe.

Quando voltava para casa, depois da aula, enchia os pais de perguntas. Queria entender tudo que podia para aprender a conviver cada vez melhor com os novos colegas.

— Mãe, o que é essa história de uniforme?

— Os professores querem dizer, Inaiá, que todos os estudantes devem usar roupas iguais — respondeu dona Aracy.

— Também vou usar uniforme?

— Sim, todos devem usar. Você só não está usando porque está na primeira semana de aula e ainda não recebeu o seu.

Ela achou muito legal vestir-se com uma roupa diferente das dela para ir à escola, mas decidiu que continuaria usando seus adereços indígenas. Cada peça que usava tinha uma história, algumas foram feitas pelos antigos da aldeia, outras pelas artesãs da família. Ela amava ser índia e nutria grande respeito por sua tradição.

Nos primeiros dias, sentiu-se esquisita usando aquela roupa, já que em suas terras geralmente usava o vestuário típico da sua cultura. Aos poucos, porém, foi se acostumando, principalmente porque, por cima do uniforme, ela vestia seus colares e pulseiras feitos com sementes, pedrinhas, penas, gravetos. E isso quebrava um pouco o estranhamento.

Os colares e adereços de Inaiá a destacavam dos outros alunos. Mas não era só o visual da menina que chamava a atenção. Ela tinha personalidade firme e uma fascinante vontade de aprender.

Na primeira semana, Inaiá fez novos amigos. Ela gostou muito de conhecer outras crianças e jovens. Às vezes, sua empolgação era tanta que emendava uma conversa em outra, perguntando sobre tudo: o que comiam, como eram suas casas, se dançavam para festejar a lua cheia ou se faziam a dança da chuva nos tempos de seca.

No primeiro dia de aula, quando todos se apresentaram, um a um, falando o próprio nome, ela foi além:

— Meu nome é Inaiá, e eu sou uma indígena.

Houve certo burburinho na sala.

— Você sabe dizer o que é uma indígena, Inaiá? — perguntou Ana, a professora de História.

— O povo indígena é um povo da floresta. E todos vivem juntos em aldeias — respondeu ela toda empolgada.

— Então você não é brasileira? — perguntou Bia.

— Sou indígena do Brasil — falou Inaiá.

— Onde você nasceu? — quis saber a professora.

— Aqui mesmo, no Amazonas. Sou da tribo Kambeba.

— Bom, se você nasceu no Amazonas, então você é brasileira, assim como todos aqui.

— Mas meu povo é indígena do Brasil — argumentou.

A professora sorriu para a doce menina e explicou:

— Sim, você tem ascendência indígena, nasceu no Brasil e a sua nacionalidade é brasileira.

— E qual a diferença?

— A diferença é que Brasil é o país e brasileiro é o seu povo. No Brasil, existem descendentes de imigrantes de várias nacionalidades, e é essa diversidade que torna o nosso país tão rico culturalmente.

A professora Ana fez uma breve pausa e perguntou:

— Quem tem avós ou bisavós que são de outros países?

Muitas mãos se levantaram e cada criança foi falando de sua origem.

— Meu avô é árabe, mas gosta muito do Brasil. Eu aprendi com ele que o povo árabe se destaca na arquitetura. As habilidades em geometria, álgebra e engenharia fizeram com que eles construíssem grandes monumentos, palácios, arcos e mesquitas — disse o menino Aziz.

— Meus bisavós paternos vieram da região de Belluno, na Itália. Chegaram no Sudeste do Brasil em 1873 para trabalhar na agricultura. Na minha casa até hoje cultivamos figos, uma tradição familiar que passa de geração em geração. É uma alegria reunir a família para produzir marmelada, doce feito à base de frutas, no nosso caso, o figo. Consumimos e comercializamos essa iguaria, que além de deliciosa, mantém viva a memória afetiva e a ligação com nossa ancestralidade. Nas colônias alemãs, principalmente no Sul do Brasil, chamam esse doce de chimia — contou Nina aos colegas.

— Meu avô veio da China. E está me ensinando a falar mandarim porque quero ir até lá e conhecer a cidade onde ele nasceu, Xiam, local em que foi enterrado o primeiro imperador chinês, QinShi Huang. Não sei se já ouviram falar de uma curiosidade muito legal: o vermelho é a cor da boa sorte na cultura chinesa. Além de ser a cor da bandeira nacional, representa a felicidade e está associada à ideia da vida — revelou Shan, entusiasmado.

— Eu também sou indígena, como Inaiá. Meus avós eram de uma aldeia no Peru, de origem quéchua, que são os descentes diretos do Império Inca. Quéchua também é uma língua indígena. É simplesmente o idioma nativo mais falado na América do Sul. Chique, né? — comentou a aluna Yanay.

— Minha avó veio dos Estados Unidos. O que eu posso falar para vocês sobre a cultura norte-americana, além do Mickey e do café da manhã caprichado com ovos e bacon, é de uma festa que a vovó faz todos os anos na casa dela pra reunir a família. É o Dia de Ação de Graças, conhecido em inglês como Thanksgiving Day, que acontece sempre no final de novembro. Lá, é até feriado, um dia de agradecer. Ela sempre assa um peru para o nosso encontro, seguindo a tradição da sua terra — disse Thomas aos amigos.

— O meu tataravô veio da Espanha. E eu estou aprendendo a falar espanhol porque sonho em fazer minha faculdade lá. Adoro a comida espanhola, principalmente a tortilla, uma espécie de fritada de ovos com batata. Também admiro o pintor espanhol Pablo Picasso, autor do famoso quadro Guernica (1937), uma crítica ao ditador

Adolf Hitler. Agora, tem uma coisa que eu não gosto de lá, que são as touradas. É uma tradição cultural, mas os bichinhos são maltratados até a morte. Já tem uma lei que restringe a violência nas touradas em algumas cidades, mas, por mim, elas poderiam acabar de vez! — exclamou Juan.

A menina Inaiá espantou-se quando percebeu que cada um dos alunos vinha de um povo diferente.

— E todos são brasileiros? — quis saber.

— Sim, todos são brasileiros porque nasceram no Brasil. Todos nós somos cidadãos do Brasil — complementou a professora. — Vocês sabem o que é ser um cidadão?

— Cidadãos são todas as pessoas, as quais têm direitos e deveres — respondeu Thomas.

Inaiá ficou acompanhando a conversa atenta.

— Isso mesmo! — respondeu a professora. — Direitos e deveres. Por exemplo, toda criança tem o direito de ter um nome e uma nacionalidade.

— Mas há pessoas que têm mais, né? — quis saber Yanay.

— Mais o quê?

— Mais nomes e mais nacionalidades! Minha mãe, por exemplo, tem dupla nacionalidade. Ela é brasileira e peruana.

— E meu pai tem dois nomes: Manuel Salvador.

As crianças riram.

— Manuel Salvador é um nome só, esclareceu Ana.

Há pessoas que têm dupla cidadania, continuou explicando a professora. Vocês sabem a diferença entre nacionalidade e cidadania?

Os alunos responderam em coro:

— Nãããããããão.

Então, a professora explicou que o cidadão adquire direitos políticos de votar e ser votado. Se, por exemplo, o cidadão mora parte do ano no Brasil, e vota aqui, e passa outra parte do ano em outro país, e tendo direitos políticos também lá, ele tem dupla cidadania.

— O que mais é direito nosso? — quis saber Juan.

— Brincar! Estudar! Ir ao médico! Ter um lugar para morar! — falou Aziz.

— Sim, você tem o direito de brincar e de estudar.

— Achei que vir para a escola era uma obrigação — respondeu Nina, sentada ao lado de Inaiá.

Mesmo com vontade de rir, as crianças ficaram quietas, com receio de chatear a professora.

— É importante vocês saberem que têm direito à educação. Alguns pais colocam os filhos para trabalhar muito cedo, e eles perdem a chance de estudar.

A professora não parecia zangada, mas aquelas palavras fizeram com que todos se calassem. Os estudantes conheciam crianças que não vinham à escola porque iam para a roça com os pais. Além disso, quando iam à cidade, já tinham visto crianças pedindo dinheiro nos semáforos ou nas ruas.

— Alguém de vocês preferiria estar trabalhando, em vez de vir aqui, conviver com outras crianças e aprender coisas novas?

O burburinho foi grande, com uma sucessão de "eu, não". A provocação feita pela professora para que refletissem deu resultado. Havia quem gostasse de matemática, outros de ciências humanas, mas ali todos descobriam assuntos novos e também divertidos.

Pensar que muitas crianças não poderiam ir à escola, permanecendo na rua ou em algum roçado trabalhando desde pequenas, sem perspectiva de um futuro diferente, fez Inaiá se lembrar da forma de organização de sua gente.

— Na nossa aldeia, as crianças ficam com o pajé quando os pais estão na lida. Quando crescemos um pouco mais, os meninos acompanham os pais, e, as meninas, as mães no trabalho. Mas sempre brincamos e aprendemos sobre nossa história e tradição, esclareceu a indiazinha.

— Isso mesmo. É esse o modo de organização da sua comunidade. Isso é possível porque vocês vivem juntos. Outras sociedades têm modos diferentes de cuidar das crianças menores, mas é importante saber que todas as crianças em nosso país têm o direito de frequentar a escola.

As crianças quiseram saber sobre os outros modos de organização citados pela professora. Ela comentou que, em muitos lugares, existem creches, onde profissionais cuidam de bebês e crianças, para que os pais possam trabalhar, deixando seus filhos seguros.

— E o que é mais importante nos direitos das crianças e dos cidadãos, de modo geral? — perguntou a professora.

Ninguém sabia responder.

— O mais importante é que todos têm os mesmos direitos, independentemente de etnia, cor, sexo, idioma, religião, condição social ou nacionalidade, tanto a sua, quanto a de sua família. Os infantes ainda têm direito à proteção, alimentação e assistência médica.

Inaiá entendeu, então, o que a professora queria dizer com todas aquelas afirmações. Seus genitores haviam falado com ela sobre essa coisa estranha, que é o preconceito, a incapacidade de algumas pessoas de conviver com outras que são diferentes delas. Os indígenas são um dos povos que sofrem preconceito, fora de seus territórios.

— Professora, a senhora fala de todo mundo ser igual. Que nem uniforme? Todo mundo com a mesma roupa. Assim, fica todo mundo sabendo que um é igual ao outro.

— É quase isso, Inaiá. De certo modo, cidadania é uma proteção que veste todas as pessoas. Mesmo porque, essa parte que torna todos iguais não tira a individualidade de cada um. Por exemplo, aqui na escola, vocês todos têm os mesmos direitos e deveres, mas cada aluno tem o seu jeito, sua família; cada um tem um tipo de cabelo, de pele; cada um de vocês tem suas escolhas: música preferida, cor predileta, estilo de roupa, e por aí vai.

A professora continuou sua fala, comentando que em nosso país há pessoas de muitas culturas, que são muito diferentes entre si, mas, ao mesmo tempo, todas são cidadãs brasileiras e, portanto, têm os mesmos direitos e deveres, sendo iguais perante as leis do Brasil.

— A riqueza cultural brasileira, continuou a professora, é resultado das diversas origens da população. Muitas pessoas, entretanto, ainda desconhecem as histórias dos povos que compõem o Brasil, incluindo aquelas das etnias indígenas.

A trajetória dos índios brasileiros vai muito além dos livros de História. Os relatos oficiais contam apenas uma parte — e, às vezes, de modo diferente do que aconteceu na verdade. Além disso, os povos indígenas continuam lutando para manter viva a sua tradição e ter respeitada a sua cultura. É uma luta para que seu modo de ser não desapareça.

4

Intolerância

Muitas outras aulas vieram depois desse dia, em que todos aprenderam muito. Tudo corria bem, até que chegou, de outra região, João, o filho de um fazendeiro. Ele tinha os cabelos quase amarelos e os olhos azuis. Inaiá nunca tinha visto ninguém assim.

O menino não se entrosava com os colegas, debochava dos professores e começou a fazer piadas com os indígenas. Ele precisava ter ouvido a aula em que a professora ensinou sobre igualdade.

Implicava com o corte de cabelo de alguns colegas, com os adereços e com as histórias. E provocava especialmente Inaiá, quando contava que na aldeia ninguém ficava doente porque as plantas curavam todo tipo de moléstia. Chamava-a de bruxa, de feiticeira, sempre de modo pejorativo. Zombava da menina o tempo todo.

Talvez o garoto não tivesse a exata noção do que estava fazendo. Alguns desconfiavam que ele reproduzia falas e opiniões que ouvia em seu círculo de convivência. Alguns dos colegas da turma, mesmo considerando absurdo o comportamento do menino, não se manifestavam. Estavam atônitos com essa postura.

Já Inaiá, mesmo recebendo ofensas e humilhações, não se intimidava. Os ensinamentos que recebia em casa eram bastante sólidos e ela sabia se defender. Outras crianças indígenas talvez não suportassem com tanta maturidade o que Inaiá suportava. Contou ao cacique Anaquiri o que se passava na escola e ele, sabiamente, explicou para a garotinha que deveria se manter serena quanto ao problema. Isso não estava acontecendo por culpa dela ou por causa de sua descendência. O cacique explicou que algumas pessoas têm necessidade de intimidar os outros para se sentirem aceitas. E acrescentou que é inaceitável, mas muito comum alguns jovens tratarem mal os colegas, praticando o bullying, com atos de violência psicológica e física.

— Muitas vezes, Inaiá — disse o cacique Anaquiri —, jovens que praticam o bullying trazem estampados na face um ar de superioridade, pois querem disfarçar mágoas e sentimentos de inferioridade.

Para finalizar, ele passou o braço sobre os ombros da jovenzinha e afirmou:

— Inaiá, você conhece o seu valor e a importância do nosso povo para o Brasil. Conhece a importância das plantas medicinais e da vida sustentável que levamos aqui. As nossas atitudes de preservação do meio ambiente beneficiam povos do mundo todo. Não é à toa que a Amazônia é essencial para o equilíbrio ecológico mundial e nós fazemos parte dessa boa cadeia.

Na tribo, tudo era muito especial ao olhar da garota. Inaiá fechava os olhos e pensava em como era bom sentir a terra quando pisava nela com os pés descalços. Pensava que os indígenas eram um exemplo que deveria ser seguido por todos. Os homens só caçavam para comer e toda planta colhida era replantada. O pajé tinha um viveiro de mudas que todos os curumins ajudavam a cuidar. No tempo certo, as plantinhas eram transferidas para a floresta.

Era isso que ela procurava pensar cada vez que o menino tentava desvalorizar suas tradições. Os professores, se presenciassem o bullying que Inaiá estava sofrendo, repreenderiam o garoto, mas ele sempre cuidava para que nenhum adulto estivesse por perto quando fazia suas provocações.

Confirmando o que o cacique havia falado, Inaiá começou a observar que João era um menino mimado, cheio de ideias preconceituosas, com valores distorcidos. Nas aulas de educação ambiental, por exemplo, ficava discordando do que dizia o professor Marcos. Fazia isso em voz baixa, disfarçando, para que apenas os colegas o ouvissem. Desprezava ensinamentos sobre a fauna e a flora. Ele ria quando ouvia a explicação sobre o poder curativo das plantas, que, aliado às práticas de vida saudável, resultava em bem-estar. Quando o professor ensinava sobre as diferenças dos medicamentos, as crianças, curiosas, perguntavam:

— Professor, se temos remédios na farmácia, por que usar ervas para curar doenças?

— Crianças, a verdade é que, grande parte dos medicamentos vendidos nas farmácias, — cerca de mais de um terço — conhecidos como químicos ou alopáticos, são derivados de plantas. É o caso da

Aspirina®, por exemplo, produzida com o ácido acetilsalicílico, que é derivado de uma planta chamada salgueiro. A morfina, outro medicamento usado para dores fortes, era originalmente obtida da papoula — disse Marcos. E continuou:

— Hoje em dia, o uso das plantas com fins curativos é praticado em todo o mundo. Para processar um medicamento, extrai-se o princípio ativo de uma parte da planta. Já na medicina natural, se faz uso direto da planta, ou seja, o vegetal é usado em sua totalidade.

O professor disse, ainda, que esse método terapêutico, que vai além das comunidades indígenas, costuma utilizar algas, bulbos, raízes, flores, cascas, folhas, sementes, especiarias e frutas. Apesar de esse ser um método com recursos naturais, o tratamento só é seguro quando usado de forma correta — respeitando sempre a dosagem recomendada e acompanhada por um especialista. Não se deve fazer uso de medicamento sem orientação profissional, ou seja, de alguém que conhece os princípios ativos das plantas e como usá-los com segurança.

5

O acidente

Certo dia, João não chegou para o início da aula. A notícia de que ele havia sofrido um acidente, porém, não tardou a se espalhar. O menino caíra do cavalo a caminho da escola. Não tinha ferimentos graves, apesar de estar bastante machucado. Como o hospital era longe e a escola o local mais próximo, o rapaz que o socorreu o levou para lá. Estava muito assustado, com cortes nas pernas e nos braços e arranhões no rosto. Tinha até perdido o ar de superioridade. Enquanto os pais eram avisados sobre o ocorrido, João ficou aos cuidados dos professores.

Quando viram o estado do colega, todos quiseram ajudar. Inaiá só pensava em chamar o pajé para um ritual de cura. Montou no seu cavalo e saiu em direção à aldeia. Estava no meio do caminho, quando encontrou um veículo vindo pela estrada. Inaiá parou o Alazão. De dentro do carro, seu pajé acenou para ela. As mãos sinalizavam: vire e volte. O pajé já tinha recebido o pedido de ajuda; os espíritos da floresta foram mais velozes.

Já na escola, o pajé pediu licença à diretora para se aproximar do menino machucado. Analisou cuidadosamente o garoto. Quando o pai de João chegou, o curandeiro disse: "Nenhum osso quebrado. O menino ficará bom logo".

Ao receber permissão de cuidar dos ferimentos do garoto com óleos e plantas, começou o tratamento imediatamente.

Uma semana depois, João retornou normalmente às aulas. Estava mais humilde, quase simpático. Os cortes estavam cicatrizando, mas ele estava tímido. Pensava que, por causa do descaso com que tratara os outros alunos, eles se comportariam com ele da mesma forma, o que não aconteceu. Aos poucos, foi se aproximando dos colegas e construindo amizades.

As mudanças de seu comportamento chegaram a Inaiá. Houve um momento, quando ela menos esperava, em que ele se aproximou e pediu desculpas. Contou que o médico chamado por seu pai, para acompanhar sua recuperação, ficara impressionado com a rapidez da cicatrização dos seus ferimentos. Falara que alguns cortes eram profundos, que desconhecia os medicamentos que tinham sido usados, mas que aquilo havia estancado o sangramento, o que fez toda a diferença. O garoto demonstrou sua gratidão pela iniciativa de Inaiá de ter chamado seu pajé e, naquele momento, estabeleceu-se entre eles um sentimento de respeito e amizade.

Esse dia foi um marco importante na vida dessas crianças. João descobriu que ter amigos é essencial para a felicidade e também entendeu a importância curativa das plantas. Aprendera com Inaiá sobre generosidade, uma vez que ela não havia considerado o seu mau comportamento, ajudando-o quando precisou. E a índia pôde comprovar, na prática, o poder das atitudes de amor.

Inaiá já sabia que as pessoas passam por decepções no decorrer da sua vida. Ela compreendia não haver ninguém imune às coisas ruins que possam acontecer.

"O que diferencia as pessoas em relação aos problemas, Inaiá — ensinavam os anciões da aldeia —, é a forma como cada um lida com as circunstâncias". Isso fazia a diferença na vida comunitária, tanto na sua tribo como também fora dela.

Foram esses ensinamentos que transformaram aquela situação ruim entre ela e João em amizade.

Respeitar a todos: amigos, colegas, idosos, professores e autoridades; desejar bom dia, boa tarde, boa noite; se precisar de algo, pedir por favor; se desejar sair de um ambiente ou entrar em um, pedir licença; reconhecer e pedir desculpa pelos erros; agradecer o que recebe; ser solidário, honesto, pontual e não falar palavrões, são deveres de todos.

Os dias que se seguiram foram de muita alegria. As crianças eram um exemplo de harmonia e exerciam o hábito da boa convivência na escola. E o garoto, que antes cultivava inimizades com suas atitudes agressivas, intencionais, com o objetivo de humilhar, caçoar e maltratar as pessoas, tornou-se amigo de todos. Passou a interagir de forma amigável e nunca mais criou problemas em sala de aula.

Pelo contrário, chegava mais cedo para conversar com os colegas e professores. Fez amizade com os alunos mais antigos da sala. Aprendeu uma lição que levaria para o resto de seus dias, transformando-o em um adulto muito melhor.

6

Mudança de vida

O acidente mudou a vida de João, embora a lição não tenha sido suficiente para sensibilizar o pai dele. A transformação repentina do menino começou a incomodar o empresário, que havia enriquecido explorando madeira na região onde se localiza a tribo de Inaiá. Arrogante, prepotente e de conduta duvidosa, Francisco Pacheco era temido pelos funcionários, indígenas e até pela própria família. Para João, estava ficando impossível suportar as atitudes e maldades do pai, mas ele não sabia como tocar seu coração.

Nascido em Manaus, o fazendeiro havia chegado à região do Alto Solimões na década de 1990, ainda jovem. Ao escolher o comércio madeireiro, fez fortuna com a prática do desmatamento e à custa de trabalho escravo. No início dos anos 2000, já era considerado o empresário mais poderoso da região. E, assim, os anos se passaram, até a chegada de João, o único filho que teve com sua esposa, Maria Emília. O garoto fora criado com muitos mimos. Não era difícil entender por que João maltratava tanto seus colegas de classe.

Um mês depois do acidente, ainda com o filho tentando, sem sucesso, chamar a atenção do pai para assuntos ligados à preservação do ambiente, a família se viu às voltas com uma ação policial. Uma operação conjunta da Polícia Federal e da Fundação Nacional do Índio (Funai) resultou na detenção de um dos administradores da empresa e a multa foi de R$ 2 milhões, aplicada pelo Instituto Brasileiro de Meio Ambiente (Ibama), por extração e armazenamento ilegal de madeira rara, sem licença ambiental.

O Ibama comprovou, ainda, que o desmatamento já estava invadindo toda a região dos Solimões, onde vivia Inaiá. João não fazia ideia do que significava aquele prejuízo financeiro, afinal, nunca se preocupou com dinheiro, mas percebeu nessa situação uma oportunidade de sensibilizar seu pai e fazê-lo mudar de atitude. Os aprendizados pessoais do garoto, assim como os ensinamentos da escola, haviam despertado nele a consciência sobre os cuidados com a natureza. Queria que mais pessoas entendessem as causas ambientais, incluindo seu pai.

Em um momento em que conseguiram ficar a sós, pediu a Francisco um minuto de prosa.

— Pai, eu não tenho ideia do tamanho do problema que ameaça a empresa que você construiu, mas pense em todos os danos que temos causado às pessoas que vivem na floresta. A natureza está destruída, somos lembrados com medo e não conquistamos respeito. A reserva indígena está ameaçada e, agora, o senhor pode ser preso. Já se perguntou se vale a pena viver desse jeito?

— Garoto, você é uma criança e não devia se meter em assunto de gente grande! Já não basta o momento difícil que estou vivendo? Quer mesmo me importunar com essas besteiras? Acho que essa escola está lhe trazendo más influências. Pare de perturbar o meu juízo, senão vou te mandar estudar fora do país!

— Papai, eu estou preocupado com o seu futuro, pois não quero você preso, vivendo longe de mim, e você pensa logo em me mandar embora? Não vou mais falar sobre esse assunto. Já conhece minha opinião. Existem outras maneiras de ganhar dinheiro e, certamente, o mundo agradeceria se mudássemos de ramo. Sabia que podemos replantar as áreas desmatadas e até produzir alimentos em nossas terras?

Francisco ficou olhando para o filho e imaginando o quanto seu pequeno tinha crescido. Apesar de irritado com o garoto, tanta sabedoria deixou-o orgulhoso. Por um momento, os seus pensamentos voaram e lhe transportaram para o dia do nascimento de João, relembrando-o da alegria que sentiu.

Estava tão ausente em pensamentos que perdeu parte das coisas que o filho falava e, quando voltou ao momento presente, escutou o filho sugerindo que ele conversasse com Upiraci, o pajé da tribo da sua amiga Inaiá. Não entendera muito bem como o líder espiritual da aldeia poderia ajudá-lo, mas estava cansado daquela conversa e, quando percebeu, já havia concordado.

Claro que queria se livrar da multa, e se o pajé podia ajudar, mesmo não acreditando nessa possibilidade, não teria nada a perder em ouvi-lo. Mas daí a mudar os seus negócios, era demais.

O encontro entre o empresário e o indígena foi marcado com a ajuda de João e de Inaiá.

Francisco preferiu recebê-lo em seu escritório, na empresa, onde passava a maior parte do seu tempo. Depois da conversa com o filho, acabou por ficar pensativo. Estava sereno e recebeu o velho índio com cortesia.

— Bom dia. Sente-se. O senhor aceita uma água ou um café? Perguntou ao pajé.

— Bom dia. Não quero tomar muito o seu tempo. Minha conversa será rápida. Seu filho e a minha neta pediram que eu viesse. Eles acham que eu posso ser útil — afirmou com um sorriso.

— Boas crianças — continuou ele. Elas pensam que é fácil mudar de repente. Mas em uma coisa elas têm razão: quando queremos, somos capazes de realizar grandes coisas.

O empresário ficou olhando para o índio sem entender o que o assunto tinha a ver com a multa e com o processo que a empresa estava enfrentando. Mas, mesmo assim, escutava.

— Eu disse ao jovenzinho que a mudança começa dentro de cada um. Imagino que os últimos acontecimentos tenham lhe mostrado que o ouro pode virar pó de uma hora para a outra. Desta vida, nada levamos, senão nossa paz de espírito, aconselhou o homem mais velho.

— Confesso que esse problema com a justiça mexeu com as minhas estruturas, mais emocional que financeiramente. E a conversa que tive com meu filho também me levou a refletir sobre questões que até hoje vinha adiando. Mas como o senhor pode me ajudar ou eu posso ajudá-lo?

— Podemos nos ajudar trabalhando em equipe.

— Estou ouvindo.

— Já começou bem. Uma vez que esteja disposto a ouvir, se desejar tentar mudar, sei bem por onde poderia dar o primeiro passo. Certamente alcançará a paz de espírito.

Francisco sempre soube que a forma como conduzia os negócios poderia trazer consequências ruins, tanto para ele, como para sua família e ao meio ambiente. A multa viria mais cedo ou mais tarde e, agora, havia acontecido. Cabia a ele decidir o que fazer dali para frente.

O pajé apresentou-lhe um projeto que havia recebido de órgãos especializados em negócios sustentáveis. Com aquele programa em mãos, começou a enxergar maneiras de trabalhar sem prejudicar a natureza. O processo era longo, mas passou a considerar o uso legalizado de madeira e de plantio, seguindo as normas ambientais. Entendia que já não era mais possível adiar mudanças. Ficou sabendo que muitas empresas adotam medidas ecológicas, buscando a qualidade de vida das gerações futuras; outras investem em ações sustentáveis, como forte marketing para fortalecer suas marcas e ganhar os mercados. Até os clientes, que hoje são bem esclarecidos, valorizam selos de certificação ambiental, o que poderia ser um bom negócio.

Após ouvir os conselhos do pajé, Francisco Pacheco aceitou o desafio. Estudou o projeto, pesquisou sobre empresas sustentáveis e viu que a mudança era difícil, demorada, mas viável. Para implantar o novo conceito, contratou um gestor especializado em temas ambientais e colocou a mão na massa.

Os negócios foram bem-sucedidos. Além de ser bom para a comunidade, o conceito de empresa verde era uma tendência e mostrava-se promissor.

Quando inaugurou na cidade a loja para comercializar produtos feitos a partir de restos de madeira, de barro, palha, tecido, couro, papel ou fibras naturais, confeccionados por indígenas da região, não se sabia quem estava mais satisfeito: Francisco, João, o pajé ou Inaiá. Aliás, o estabelecimento ganhou o nome da menina que inspirou tantas mudanças.

Dar visibilidade ao artesanato indígena e às potencialidades do uso sustentável da madeira foi a forma encontrada por Francisco para contribuir com a vida dos artesãos locais. A loja *Inaiá* fez tanto sucesso, que superou os limites do município.

A fazenda de Francisco, que passou a se chamar *Abraço Verde*, virou referência para outros fazendeiros, e também abriu suas portas para receber turistas. Era comum ter por ali alunos das mais diversas escolas, das universidades e até pesquisadores, que escolhiam o local para se instalar. Logo, Francisco precisou investir em uma pousada para acomodar tanta gente e, assim, a sua empresa expandiu em novas direções.

O medo que Francisco Pacheco antes despertava nas pessoas foi, aos poucos, sendo transformado em admiração. Ele percebeu que era possível conciliar produção com preservação.

E as áreas devastadas da fazenda foram recuperadas aos poucos, mesmo sendo de conhecimento que o reflorestamento de um local devastado nunca será capaz de recuperar o seu bioma original.

7

Estranhos entre os estranhos

Muitos indígenas, como os da tribo de Inaiá e tantas outras, hoje, têm hábitos parecidos com os dos demais cidadãos brasileiros: usam roupas comuns, relógio, telefone celular, carros, motos e diversos bens de consumo. Mas, quando estão nas aldeias, praticam sua cultura, seus costumes.

Em muitos lugares, são considerados estranhos, o que é curioso, pois eles estavam aqui antes de todos os demais moradores chegarem, sendo os povos anciões da terra.

A indiazinha não entendia muito bem o motivo desse estranhamento das pessoas. Seus pais lhe falavam sobre os motivos da discriminação, embora, para eles, também fosse difícil de compreender. Sabia-se, porém, que a intolerância estava relacionada à ignorância sobre as culturas e ligada às disputas do passado, da época em que os brancos europeus começaram a vir para cá.

Aracy, a mãe de Inaiá, falava que os índios sempre estiveram aqui. Há muitos anos, só os indígenas habitavam o Brasil. Muitos deles morreram tentando proteger suas terras e alguns povos desapareceram depois de tantas batalhas contra o homem branco. Tribos inteiras foram dizimadas.

Era muito triste para Inaiá ouvir essa parte da história. Tudo por causa da ambição em busca de ouro e de madeira nobre, bem como da biodiversidade sobre a qual o pajé tanto falava. Ela sabia que, mesmo nos dias de hoje, plantas, pássaros, cobras e outros animais eram contrabandeados e vendidos por uma fortuna. Os contrabandistas sempre deixavam um rastro de sangue. Não tinham qualquer respeito pelos verdadeiros donos da terra e pelo próprio país.

Sua mãe, que era muito sábia, contava que muitas tribos rivais se uniram no combate à invasão dos estrangeiros. E, como toda guerra traz consigo suas consequências, o resultado dessa foi a morte de muitos guerreiros. A menina tinha orgulho da cultura, da valentia e da alegria de sua gente, mantida apesar da trajetória dolorosa.

Em uma aula, a professora Ana contou para a classe que os povos indígenas celebram a vida e os seus costumes por meio da dança.

Ah, a dança! Inaiá teve mais uma vez os olhos brilhando ao ouvir sobre esse lindo costume. Só de pensar que os índios celebram com a dança — enquanto se preparam para a guerra e dançam quando voltam dela, para homenagear um cacique, comemorar as safras, a maduração de frutas, a colheita, dançam para agradecer uma boa pescaria, para celebrar a mudança das fases na vida, como a saída da infância e entrada na puberdade, por exemplo, ou dançam em reverência aos mortos —, trazia uma euforia ao seu coraçãozinho, enquanto ouvia sobre esta tradição.

A professora ensinou também que o povo do Alto Xingu, por exemplo, dança o Kuarup (nome de uma árvore sagrada) em rituais fúnebres. Inaiá balançava a cabeça afirmativamente depois de cada explicação, completando que essa prática também era útil para espantar doenças e flagelos naturais. Como a dança poderia ter tantos poderes? — pensou. E desejou dançar neste momento. Os indígenas utilizam a dança de várias formas, com coreografias apresentadas em grupo, ou sozinhos.

Algo que despertou a curiosidade da criançada era que, em muitas tribos, as mulheres não participam das danças sagradas, que são conduzidas pelos pajés ou por grupos de homens. Nesses rituais sagrados, os trajes especiais são acompanhados pelo uso de amuletos, imagens, símbolos, totens e ainda por instrumentos musicais antigos, como o maracá — chocalho feito de uma cabaça seca, sem miolo, na qual se colocam pedras ou sementes.

A turma toda estava atenta, interessada em saber ainda mais sobre o tema. E, a professora, contente em partilhar, contou mais sobre essas tradições culturais. Ela mencionou sobre uma dança mística dos índios guarani: a Acyigua.

Os alunos arregalaram os olhos, surpresos com o nome diferente e com o significado desta dança, que é feita para resgatar a alma do índio que morre assassinado. Só pode ser dançada pelo pajé, pelo melhor guerreiro e caçador da tribo.

E, na infinidade de tradições culturais, a professora contou ainda sobre mais uma dança: a Atiaru. Nessa, marcada pelo som do chocalho, as mulheres participam de um ritual que afugenta os maus espíritos e atrai os bons.

Há, também, danças em favor dos animais. No povo Bororo, que habita terras no estado do Mato Grosso, uma prática comum quando uma onça é abatida é a Dança da Onça. Para representar o animal, o caçador se veste com a pele dele e em seu rosto, em suas mãos e seus pés são colocados adereços com franjas tecidas a partir de folhas de palmeiras.

Cheio de riquezas e detalhes, a professora ainda contou sobre as diferenças entre esse costume, conforme as regiões do país, como a dança de guerra, chamada de Dança do Jaguar, típica dos índios Coroado, do Rio Grande do Sul. Nessa, as mulheres também participam. A coreografia traz os homens, em fila, seguidos por outra fila de mulheres. Todos cantam e pulam de um pé para o outro. Com doze passos para frente, os participantes trocam de lugar. Os da frente vão para trás, recomeçando os movimentos.

Tem também a Kahê-Tuagê, dança apresentada pelos índios Kanela, que vivem perto do Rio Tocantins, uma importante mina de água que nasce no estado de Goiás, compartilhou a professora. Eles fazem esse rito na época da seca.

Não se ouvia um barulho na sala de aula. Todos estavam concentrados, curiosos com as danças, queriam saber mais sobre elas. E a professora continuou explicando que a dança Kahê-Tuagê é um ritual em que só as mulheres que ainda não tiveram filhos participam. As jovens formam uma fila e, com os joelhos dobrados, balançam os braços e o corpo para frente e para trás. Quando as mãos estão na frente do corpo, batem palmas, marcando o ritmo. Inaiá, em seu canto, improvisava a sequência de passos e movimentos mentalmente. Como amava ouvir histórias sobre a sua gente... A professora ainda disse que os homens não participam da coreografia, apenas respondem em coro ao canto.

E, para a surpresa de todos, a professora contou que ainda existem mais estilos de dança, como a Uariuaiú, dedicada ao macaco guariba. Sem instrumentos musicais, os índios movimentam-se no ritmo das vozes. As mulheres pintam o rosto e o corpo. Como trajes culturais, usam saias feitas de folhas de bananeira, levando em seu colo os filhos, e rodopiam, como pião, ao redor dos homens.

A professora Ana, empolgada com o interesse da turma, compartilhou ainda mais informações sobre expressões do folclore brasileiro, de origem indígena, como o Cateretê ou Catira, sapateado com bate-pé ao som de palmas e violas, realizado nos estados de Minas Gerais, São Paulo e Goiás.

Eram tantas histórias, que os alunos ficavam cada vez mais interessados em saber tudo. E a professora esclarecia cada detalhe, como também sobre a dança Caiapó, que era executada antigamente pelas tribos Caiapó que viviam no litoral paulista. Ela contou também do Cururu, dança sagrada de origem tupi-guarani, com coreografia como a dança de guerra, em renque, mas, nessa, são duas filas de homens, uma de frente para a outra.

Eles deslocam-se com dois passos para a direita e dois para a esquerda. E, mostrando ainda mais sobre a riqueza do Brasil nos costumes indígenas, a professora falou sobre o Pará, com a dança Jacundá. Este é o nome de uma espécie de peixe, e foi escolhido para representar a dança da pesca. Nessa, a tradição é fazer uma roda, alternando um homem e uma mulher e, no centro da roda, um casal baila tentando fugir, em representação ao peixe. Um detalhe que a meninada amou ouvir é que, nessa dança, quem permitir a passagem do casal, toma seu lugar no centro da ciranda, e a dança recomeça. Até sugeriram realizar um festival de dança para festejar o Dia do Índio.

Outra curiosidade que ela trouxe para a classe foi sobre os rituais xamanísticos — centralizados na figura do xamã, um líder que tem o papel de intermediação entre o mundo em que vivemos e o sobrenatural.

A professora contou que esses líderes teriam poderes mágicos e curativos e ainda explicou que, hoje, os costumes dos povos indígenas são ensinados nas escolas e fazem parte do patrimônio cultural brasileiro.

Com carinho, ela compartilhou que o importante não é apenas se pintar e usar ornamentações nas comemorações do Dia do Índio, mas conhecer de perto suas histórias.

Tudo o que a professora contou era novidade para muitos alunos. Menos para Inaiá, é claro, pois ela já havia aprendido tudo isso com o pajé e os mais antigos de sua aldeia. Eles recebiam tribos de outros locais e, muitas vezes, apresentavam suas danças, num grande intercâmbio cultural. Mesmo já tendo vivenciado essas tradições, Inaiá não se cansava de ouvir as mais diferentes formas de narração sobre as histórias dos povos indígenas. Sabia que a linguagem corporal, os movimentos, cada coreografia e cada detalhe das apresentações têm um sentido no ritual indígena.

Ela alertou:

— Os indígenas prezam muito sua origem e respeitam os antepassados.

E Inaiá conhecia essa história por vivê-la na aldeia, pois sua família sempre falava com muito orgulho e devoção aos ancestrais.

A indiazinha estava radiante. Para ela, a aula teve um propósito a mais do que simplesmente conhecer a história da sua origem. A constatação das trocas culturais entre as tribos também provocou uma reflexão sobre a história das pessoas que vieram para o Brasil, desde a época do descobrimento até os dias atuais, originando a miscigenação tão presente em nosso país.

A estudante descobriu que havia muitas motivações para a imigração. Se, no início, as razões estavam associadas a explorações, depois, muitos estrangeiros se mudaram para o país fugindo da guerra e da fome ou buscando trabalho.

Foi assim com portugueses, espanhóis, alemães, italianos, japoneses, chineses, árabes e diversos outros povos. Muitos, inclusive, se misturaram com os moradores da mata, como ela carinhosamente gostava de falar. Havia também os africanos, trazidos para o Brasil como escravos. Essa mistura pode ser vista nos traços das pessoas, nos sotaques e nas tradições que ainda mantêm, não importa quanto tempo passem fora de seu país de origem. Inaiá estava se sentindo radiante com toda riqueza de conhecimentos que ela guardou em seu coração.

Toda essa gente que veio, e continua vindo, ao Brasil, tinha uma esperança em comum: encontrar uma terra de oportunidades. Todos buscavam por leis que os protegessem, governos que os ajudassem, liberdade e dignidade.

Então, mesmo que cada um tenha vindo de um lugar diferente do mundo, todos eram ligados por um laço maior. Um laço que ultrapassava distâncias, cores e línguas.

Mais do que prover informação e história, aquela escola fortaleceu em Inaiá sua consciência cidadã. Na aula de cultura indígena, sentiu-se retratada e reconhecida. Pôde, ainda, compreender o valor dos povos para a formação de um país. Foi conquistando novas amizades e fazendo parte de uma turma cada vez mais plural.

8

A Feira de Ciências e Cultura

Na metade do ano letivo, a turma de Inaiá foi escolhida para representar a escola na Feira de Ciências e Cultura, um evento anual com a participação de todas as instituições educacionais da região. Fariam a primeira viagem juntos, estavam muito animados e a expectativa era enorme. A escola providenciaria o transporte e garantiria os lanches no dia do evento.

Não tinham decidido ainda qual projeto desenvolveriam para a competição, mas pensaram logo em aproveitar a oportunidade para fazer uma exposição de artefatos indígenas, já que Inaiá poderia trazer os objetos e falar sobre cada um deles.

Pensado e feito. Combinaram também uma visita à aldeia dela. Vendo o entusiasmo dos alunos, e entendendo a importância de cada um presenciar, na prática, o que já tinham ouvido nas aulas, a professora Ana pediu à direção que autorizasse e providenciasse esse passeio.

Inaiá avisou que não precisavam se preocupar com comida, porque todos experimentariam a culinária de sua tribo. No dia seguinte, a professora comunicou aos alunos a novidade:

— Tenho uma ótima notícia para vocês: a direção da escola autorizou a excursão à aldeia e já estamos requisitando um ônibus. Vou distribuir uma autorização para os pais de vocês, ou os responsáveis, assinarem. Tragam-na amanhã. Já conversei com o cacique e com o pajé e marcamos para o próximo sábado.

A turma ficou eufórica, todos falando ao mesmo tempo, fazendo planos e listando as atividades que poderiam fazer. Queriam aprender sobre as plantas e os animais, ver os pássaros lindos dos quais Inaiá tanto falava, conhecer as artesãs da aldeia, tomar banhos de rio e cachoeira. A professora falou que o banho dependeria da profundidade do rio e da queda-d'água porque a água abundante é boa, mas pode ser muito perigosa e provocar afogamentos.

Os alunos se comprometeram a trazer as autorizações assinadas e a obedecer a todas as ordens da docente. Afinal de contas, queriam aprender muito e fazer bonito na Feira de Ciências e Cultura, que premiaria o melhor trabalho.

No dia do passeio, a algazarra era intensa. Já dentro do ônibus, Ana fez uma chamada para conferir se estava todo mundo presente. Em seguida, a garotada foi orientada a colocar o cinto de segurança. Checados todos os detalhes, o motorista partiu. Animados e eufóricos, eles foram cantando durante quase todo o trajeto. Quando cansavam, a professora contava curiosidades sobre as diversas tribos brasileiras e seus hábitos. O tempo passou voando e quando perceberam, já estavam na entrada da aldeia.

Na tribo, onde aguardava os colegas, Inaiá até estranhou de vê-los chegar sem o uniforme! Ela fez uma grande festa para recebê-los.

Para começar, muita tapioca com sucos variados. Depois do lanche, a menina convidou os amigos para conhecer seus familiares e os outros integrantes da tribo. Todos queriam conversar com o cacique Anaquiri para ouvir pessoalmente as lendas daquele lugar mágico. Ele pediu que todos sentassem em círculo e disse:

— Quem aqui já ouviu falar do Curupira?

Todos levantaram os braços. E Nina respondeu:

— Curupira é aquele menino de cabelo vermelho que tem os pés virados para trás.

— É um personagem do nosso folclore,— completou Aziz.

— Muito bem. Acertaram, mas eu tenho uma coisa para contar a vocês. Na cultura Kambeba, nós também temos o nosso Kurupira, escrito com "K". Ele é um ser mitológico que vive na floresta, protege a mata e os animais e avisa de perigos e fenômenos da natureza, como temporais. E ele pode apresentar diversas formas: pode ser uma mulher baixinha de cabelos vermelhos e pés virados para trás; um menino com as mesmas características; ou um ser totalmente branco.

— E aqui na tribo, nós aprendemos uma música sobre Kurupira. Nessa canção, a personagem é uma mulher — disse Inaiá.

— Querem aprender essa música? — perguntou o cacique.

— Sim! — as crianças responderam ao mesmo tempo.

— Então vamos lá. Vou cantar a versão já traduzida. É assim: "Tuxaua, cadê a Kurupira? / Vou chamar a Kurupira / Tuxaua, cadê a Kurupira? / Lá vem a Kurupira! / Tuxaua, cadê a Kurupira? / Já chegou a Kurupira! / Vamos tomar paiarú Kurupira! / Vamos dançar, Kurupira! / Vamos dar voltas, Kurupira! / Vamos embora, Kurupira! / Vamos dar adeus a Kurupira!"

A professora Ana rapidamente anotou a letra da música numa cartolina que tinha levado na bolsa e ficou segurando para que eles pudessem decorar mais rápido. Em poucos minutos, os alunos já entoavam os versos sem olhar para o papel. Animados com o aprendizado, eles combinaram de se apresentar para todo o colégio no Dia do Folclore, em 22 de agosto.

Quando terminaram a brincadeira, já estava na hora do almoço. Inaiá organizou uma fila para que todos pudessem lavar as mãos antes da refeição.

Seriam servidos pirão e mandioca com carne de caça. Tudo muito gostoso e farto. Na sobremesa, frutas da região — cupuaçu, açaí, graviola, araçá-boi, bacuripari, inajá e tucumã. Alguns alunos nunca tinham visto aqueles frutos. Comeram até não aguentar mais.

O professor de Ciências, Kauan, que vivia na aldeia, fez as honras da casa. Depois do almoço, ele convidou a garotada para deitar debaixo das árvores frondosas e descansar, embalada pelo canto dos pássaros da região. Inaiá sugeriu aos colegas que aproveitassem para respirar o ar puro da floresta. Em seguida, foram convidados para assistir uma apresentação de dança das mulheres da tribo. Ficaram encantados com o talento, beleza e desenvoltura das dançarinas. A garotada aprendeu, ainda, a confeccionar arco e flecha, artefato usado pelos indígenas como arma de guerra e instrumento de caça. E na visita à tribo conhecida como "povo das águas", o banho de rio não poderia ficar de fora do roteiro. Claro que foram orientados a nadar, mergulhar e brincar na parte mais calma, sem correnteza. A alegria tomou conta dos amigos de Inaiá... como se fala na gíria popular: ficaram felizes como *pinto no lixo*.

Durante o tour, uma coisa chamou a atenção das crianças: uma grande roda movida pela água abundante que caía num movimento constante e belo.

— O que é isso? — perguntou um dos alunos. O cacique explicou que era um moinho para triturar grãos, movido pela força das águas. Contou que muitos anos antes, as sementes e grãos eram moídos manualmente, dentro de um pilão.

— Um visitante da aldeia nos ensinou a fazer a roda d'água para facilitar a moagem do milho. Ajudou muito no nosso trabalho — contou para uma plateia curiosa.

Ele mostrou que usaram pedras para as paredes, e que havia madeira, também do local, para os barrotes e duas mós (pedras, redondas e planas que trituram os grãos).

Os olhos de todos brilharam. Já sabiam o que apresentariam na Feira de Ciências e Cultura. O desafio era construir o moinho, numa proporção menor, e ver de que forma poderiam movê-lo.

"Quais grãos poderiam moer?", pensaram. Eles ainda tinham tempo e trabalhariam juntos em busca da melhor solução.

9

O grande dia

No dia da viagem para a feira, nem bem amanhecera, e todos já estavam na escola.

O professor de Ciências, Kauan, já havia partido com alguns alunos no dia anterior, para montar o moinho.

Os estudantes partiram juntos, mas alguns pais fizeram questão de participar da apresentação. Formaram um grupo e partiram em comboio até o local do evento. Eles partem do princípio que essas celebrações escolares são ideais para estreitar os laços entre as famílias dos alunos e a instituição de ensino.

A viagem foi divertida, mas a toda hora um aluno perguntava se já estavam chegando. A professora Ana ria a cada pergunta, feliz com o envolvimento das crianças. Na Feira de Ciências e Cultura, os estudantes se revezariam para falar.

O tema da apresentação: A Importância da Água e o Perigo da Escassez Hídrica. A réplica do moinho ilustraria as informações.

Quando chegaram ao ginásio onde a feira aconteceria, havia centenas de estudantes, alguns já com os trabalhos montados, outros ainda preparando o material. Mas, sem sombra de dúvidas, o colégio de Alto Solimões era o mais vistoso e impressionou muitas pessoas.

Professores de várias escolas olhavam impressionados para aquela água que corria por um tubo transparente ligado a uma caixa-d'água que fazia a roda girar. Tudo funcionou como planejado. Nem todos os grãos ficaram perfeitamente moídos, mas a experiência valeu.

Cada aluno, na sua vez, falava que morava em um lugar de água abundante porque as florestas eram preservadas e a natureza respeitada. Mas eles chamavam a atenção para o fato de ainda existirem lugares no Brasil em que plantas e animais morrem pela escassez de água.

— Só a conscientização da importância de se preservar o meio ambiente pode salvar nosso planeta. Não adianta vivermos num paraíso cercado de natureza por todos os lados se houver desmatamento e devastação em outras regiões — alertou Inaiá em sua fala.

Ela ainda lembrou que a Amazônia é um ecossistema muito importante para todo o mundo, mas que essa situação poderia mudar se não parassem de desmatar e destruí-la.

— Todos que estão aqui são multiplicadores para divulgar o nosso aprendizado, afinal, preservar o meio ambiente é um ato importante não só para a humanidade, mas para todos os seres que habitam a Terra — completou ela.

A manhã foi de grande expectativa, uma vez que o resultado só seria anunciado no meio da tarde.

Na hora de tornar público os nomes dos vencedores, não se ouvia um barulho. Os organizadores fizeram suspense e foram divulgando o vencedor do terceiro, segundo, e, finalmente, do primeiro lugar.

A cada anúncio, muitos aplausos.

O primeiro lugar ficou para a escola de Inaiá.

Os professores Kauan e Ana foram chamados para falar em nome da instituição. Eles fizeram o mesmo alerta que Inaiá: que nada daquilo valeria a pena se cada um que estivesse ali não entendesse a importância da preservação da água e das florestas.

— É nosso dever conscientizar as novas gerações para evitar o mau uso dos recursos hídricos que é, inclusive, o principal fator de risco para a vida de todos os seres vivos e afeta diretamente diversas atividades humanas, completou Kauan.

— A conservação de todos os recursos naturais é primordial para a subsistência no mundo, finalizou.

Os organizadores disseram que aquele era um grande apelo, uma lição preciosa e que esperavam que produzisse bons frutos para que a Amazônia pudesse continuar com sua biodiversidade e abundância de recursos hídricos. Chamados à frente, estudantes e professores foram muito aplaudidos.

Além de fazer novos amigos, aquelas crianças aprenderam uma grande lição: que pequenos gestos podem mudar o mundo para muito melhor.

Voltaram cansados, mas felizes, ansiosos e dispostos a colocar em prática o que aprenderam e a cuidar ainda mais do local onde moram.

Alguns estavam preocupados porque seus pais desmatavam e prejudicavam a natureza. Rios e córregos já haviam secado e agora eles tinham bons argumentos para convencê-los. Não sabiam se conseguiriam, mas falariam sobre o que aprenderam naquele dia tão intenso.

Mesmo que já tivessem ouvido falar de tudo aquilo nas aulas, alguns vídeos apresentados no evento por outros alunos, mostrando terras devastadas e pessoas e animais passando fome, impactaram profundamente aqueles meninos e meninas. Eles tentariam persuadir a todos a viver de forma sustentável.

Uns cochilaram na viagem, outros conversavam animadamente. As luzes foram ficando para trás na volta. Apesar de terem amado o passeio, já sentiam saudades de casa.

Na Escola Nova Esperança, familiares que não estiveram presentes na festa os aguardavam e aplaudiram o resultado conquistado pelos jovenzinhos. No caminho para a tribo, Inaiá decidiu que estudaria muito para trabalhar com a proteção dos recursos naturais.

Aprenderia tudo que já vivenciava na prática, para conquistar autoridade e falar para o maior número de pessoas. Ela já entendia que uma pessoa só não muda o mundo, mas o caminho para lutar contra os devastadores da natureza é a conscientização através da união. Naquela noite, as estrelas pareceram mais bonitas e a indiazinha dormiu sonhando com um futuro de água, florestas e alimentos abundantes.

Sonhou com um Brasil farto por meio das atitudes de seus cidadãos, que entenderam, finalmente, que o país só avança se todos tiverem os mesmos direitos e oportunidades.

Inaiá sabia que a realidade estava distante do seu sonho, que a humanidade tem ainda uma longa estrada a percorrer, mas lembrou-se de uma frase que sua professora citava, de um conceituado educador brasileiro chamado Paulo Freire: "O caminho se faz caminhando".

E ela estava disposta a percorrer todos os caminhos e a superar todos os obstáculos para alcançar seus objetivos.

Meu nome é Isa Colli, muito prazer em conhecer você. Sou uma verdadeira caipira que, nascida na pequena cidade de Presidente Kennedy, interior do Espírito Santo, atualmente vive na cidade grande.

Até quando, não sei...

Amo a natureza, amo plantar, colher e, principalmente, comer aquilo que planto. Antes de mudar-me para a Bélgica, cultivava a minha própria hortinha, pois, além da literatura, também herdei esse hábito da minha mãe.

Minha "véinha" querida não pode ver um pedaço de terra sobrando que logo arruma uma muda de fruta, de roseira ou qualquer coisa que possa ser plantada.

Aqui, onde moro, com o clima frio e diferente do Brasil, ainda não aprendi a fazer bem o plantio. Fico feliz, porém, com os pés de pera, cereja, maçã e um canteiro de suculentos morangos.

Meu espírito inquieto levou-me a morar em vários lugares. O mais incrível de tudo isso é que em cada um deles pude deixar minha marca, ter raízes.

Já fui cabeleireira, maquiadora e jornalista. Já realizei programa de rádio, fui administradora de empresa e, durante todo esse tempo, nunca parei de escrever. O que gosto mesmo é de inventar histórias.

Espero criar muitas ainda! Desejo que escolha uma escrita por mim e tenha uma boa leitura.